Para Juana y Ulises
N. C.

Para Julia
P. M.

Primera edición, 2014

Márquez, Pepe
Yo no soy un conejo / Pepe Márquez ; ilus. de Natalia Colombo. — México : FCE, 2014.
[36] p. : ilus. ; 22 x 17 cm — (Colec. Los Primerísimos)
ISBN 978-607-16-1970-9

1. Literatura infantil I. Colombo, Natalia, il. II. Ser. III. t.

LC PZ7 Dewey 808.068 M334y

Distribución mundial

Carretera Picacho Ajusco 227, Bosques del Pedregal, C. P. 14738, México, D. F.
www.fondodeculturaeconomica.com
Empresa certificada ISO 9001:2008

Colección dirigida por Socorro Venegas
Edición: Marisol Ruiz Monter
Diseño: Miguel Venegas Geffroy

Comentarios y sugerencias:
librosparaninos@fondodeculturaeconomica.com
Tel.: (55)5449-1871. Fax: (55)5449-1873

ISBN 978-607-16-1970-9

Impreso en México • *Printed in Mexico*

YO NO SOY UN CONEJO

Pepe Márquez
Natalia Colombo

LOS PRIMERÍSIMOS

Yo no soy un conejo.
Estoy seguro de que soy
un zombi alienígena mutante.

Como todos saben, los conejos
comen muchas zanahorias.
Yo también, pero...

A los zombis alienígenas mutantes nos
enloquecen los pasteles de chocolate.

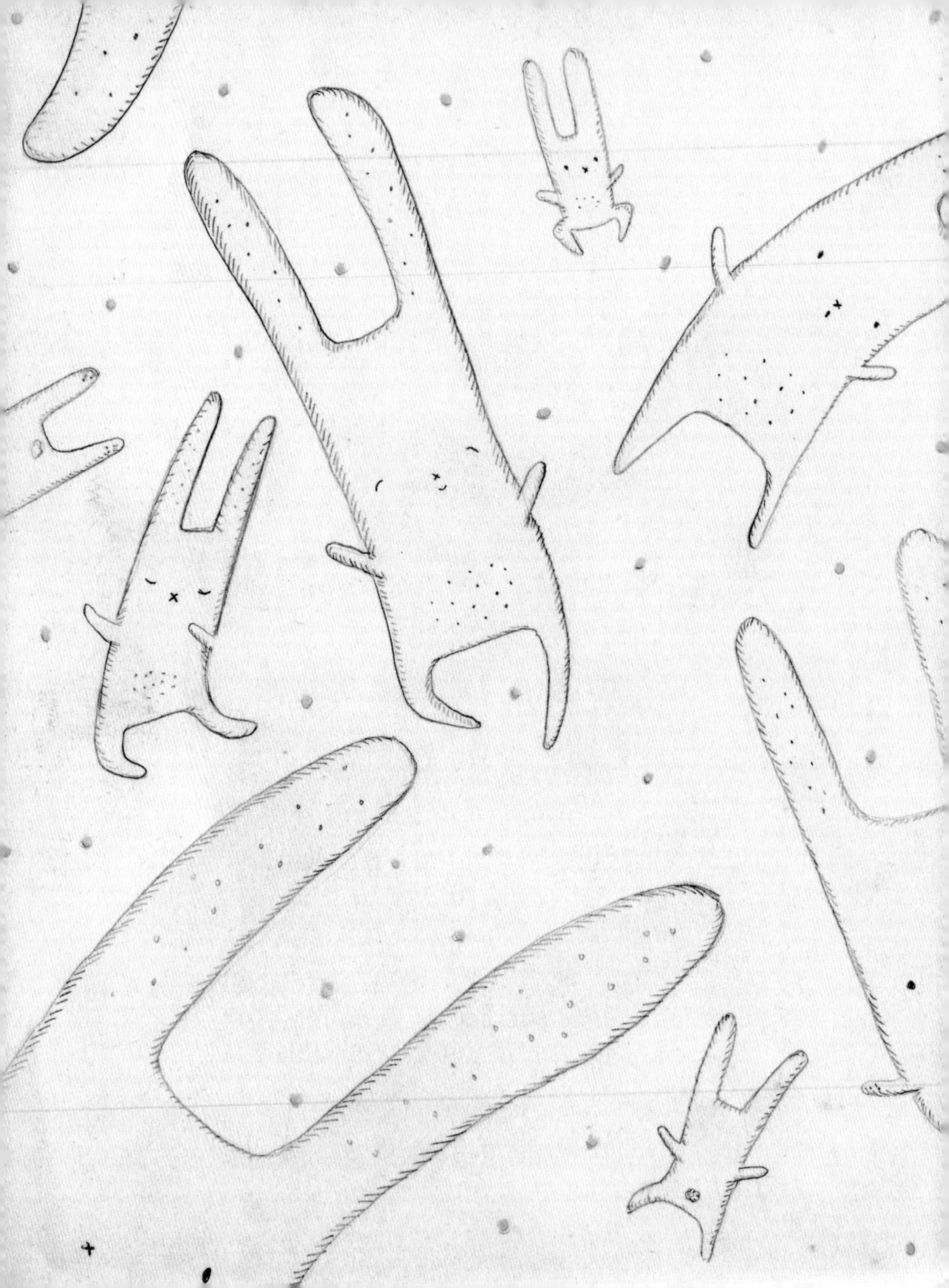

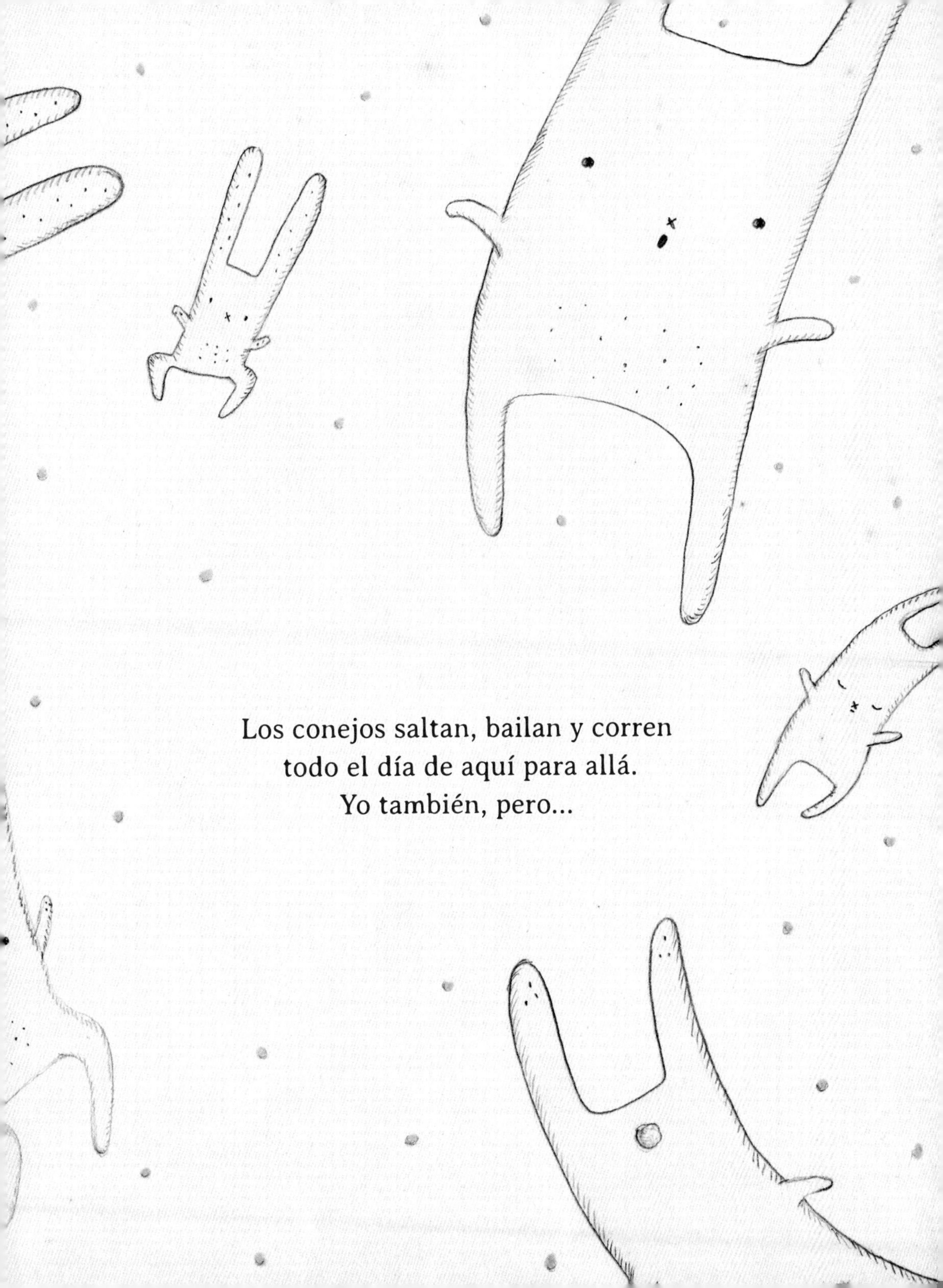

Los conejos saltan, bailan y corren
todo el día de aquí para allá.
Yo también, pero...

Los zombis alienígenas mutantes
debemos leer mucho para no derretirnos
lentamente hasta convertirnos en yogur.

Los conejos tienen dos largas orejas.
Eso todo el mundo lo sabe, pero lo que no
se sabe es que mis orejas son dos tentáculos
poderosos en busca de una víctima.

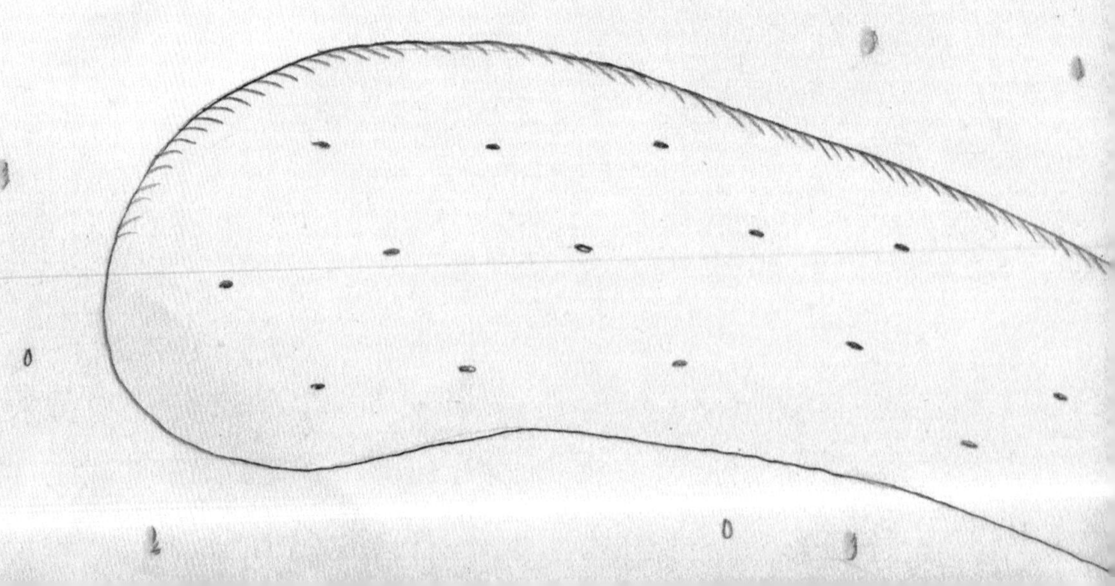

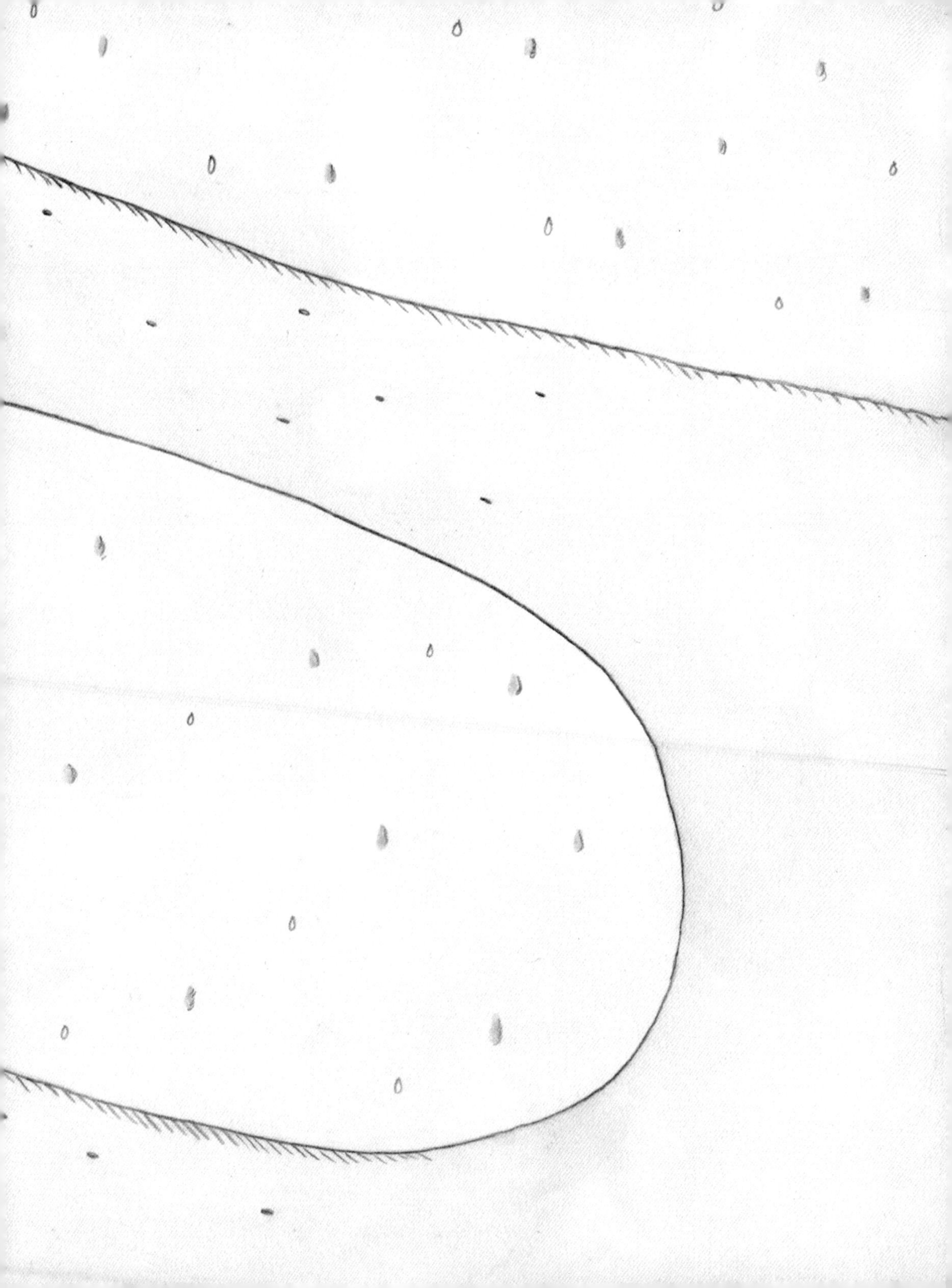

Los conejos viven en madrigueras o...

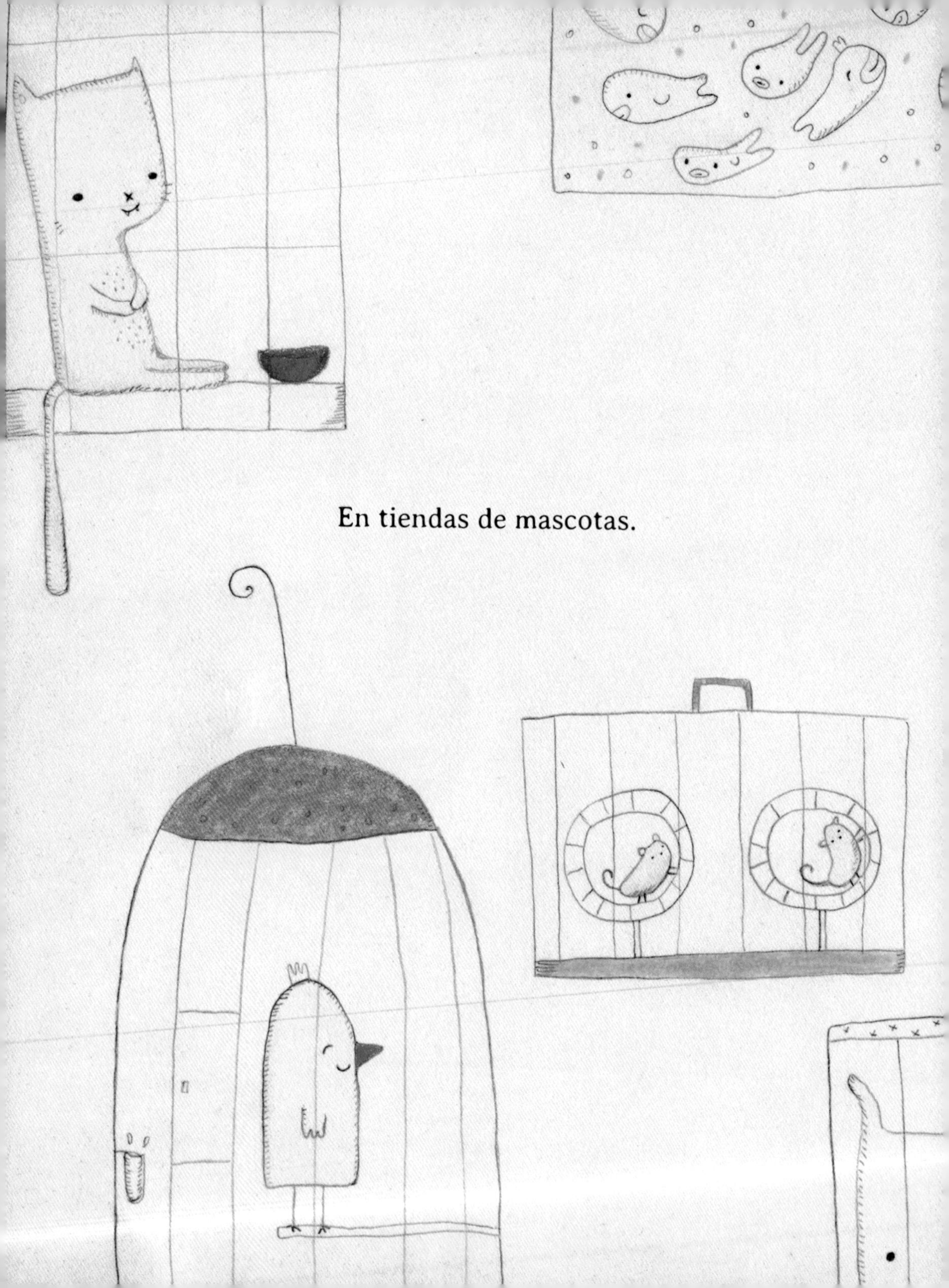

En tiendas de mascotas.

En cambio, los zombis alienígenas mutantes
vivimos en bellos departamentos.

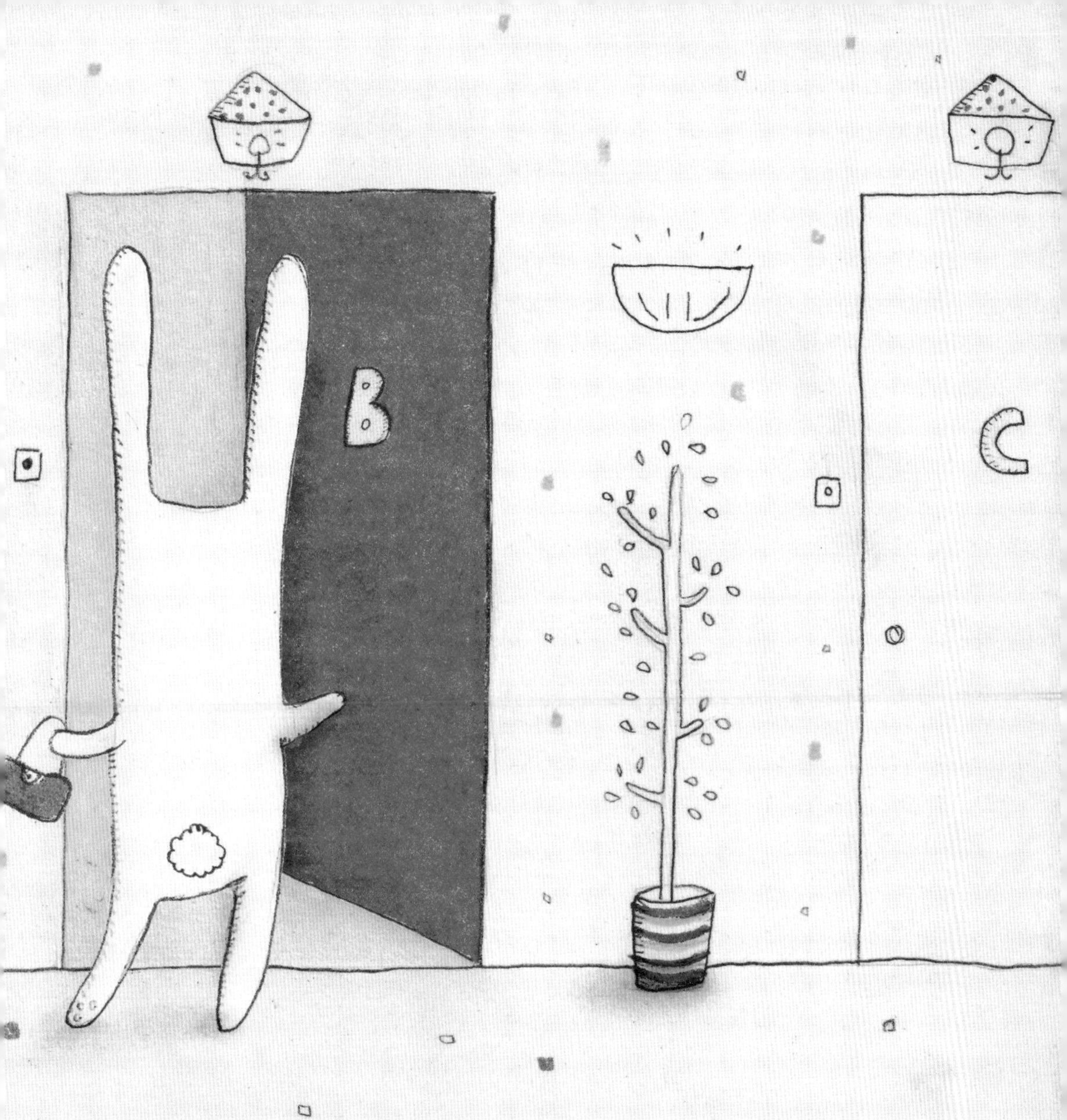

En el de al lado, hay una vecina
que parece una coneja.

Pero estoy seguro de que es otra zombi alienígena mutante, aunque a ella le gustan con locura las zanahorias.

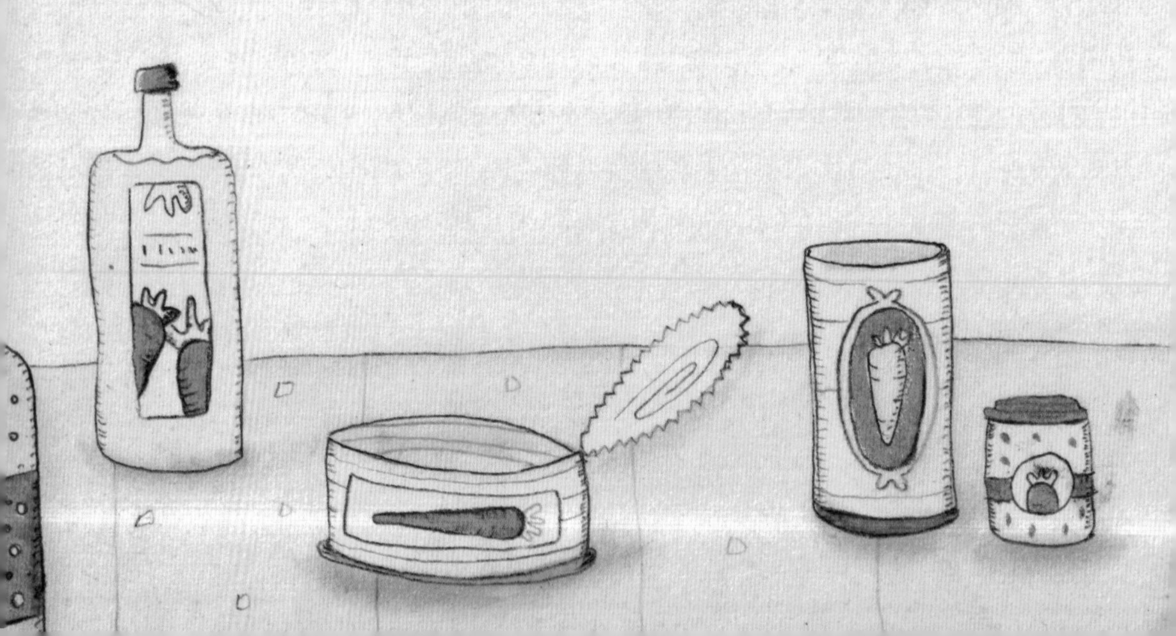

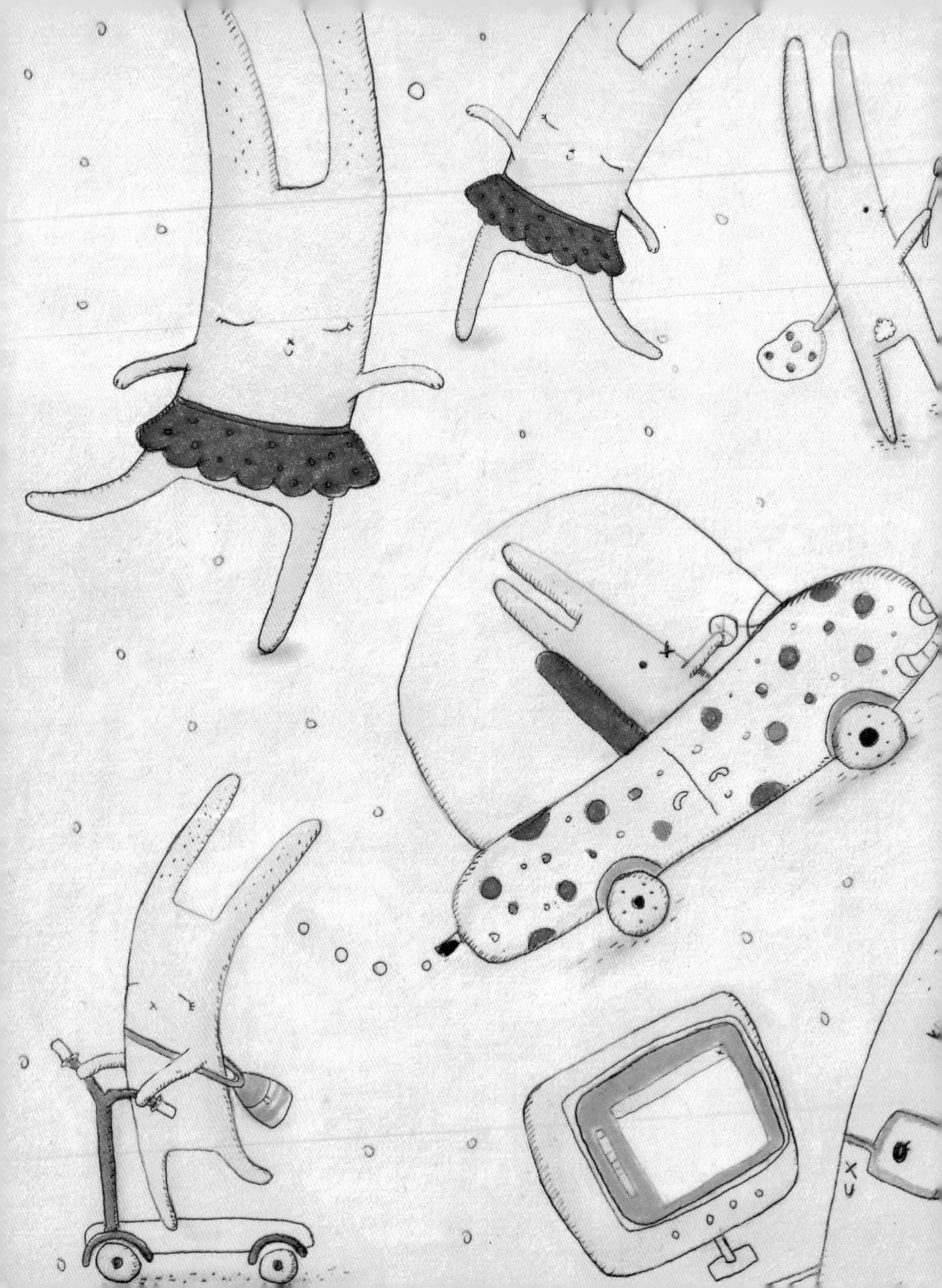

Sé que está esperando el momento para atacar,
aunque todo el día esté saltando, bailando
y corriendo de aquí para allá...

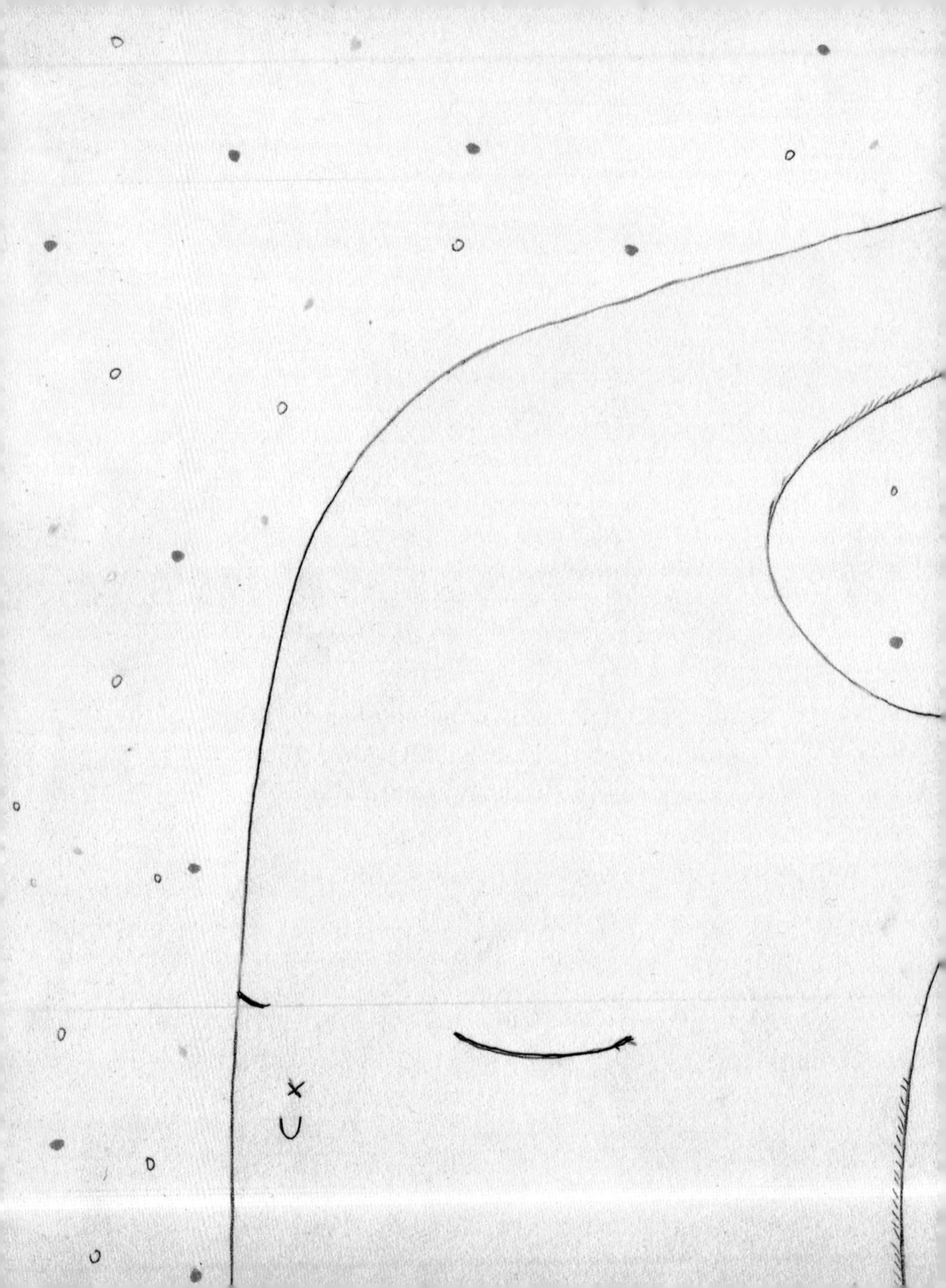

Debo tener cuidado con sus tentáculos, por más
que parezcan dos largas y hermosas orejas.

Tengo que estar siempre alerta frente al enemigo.

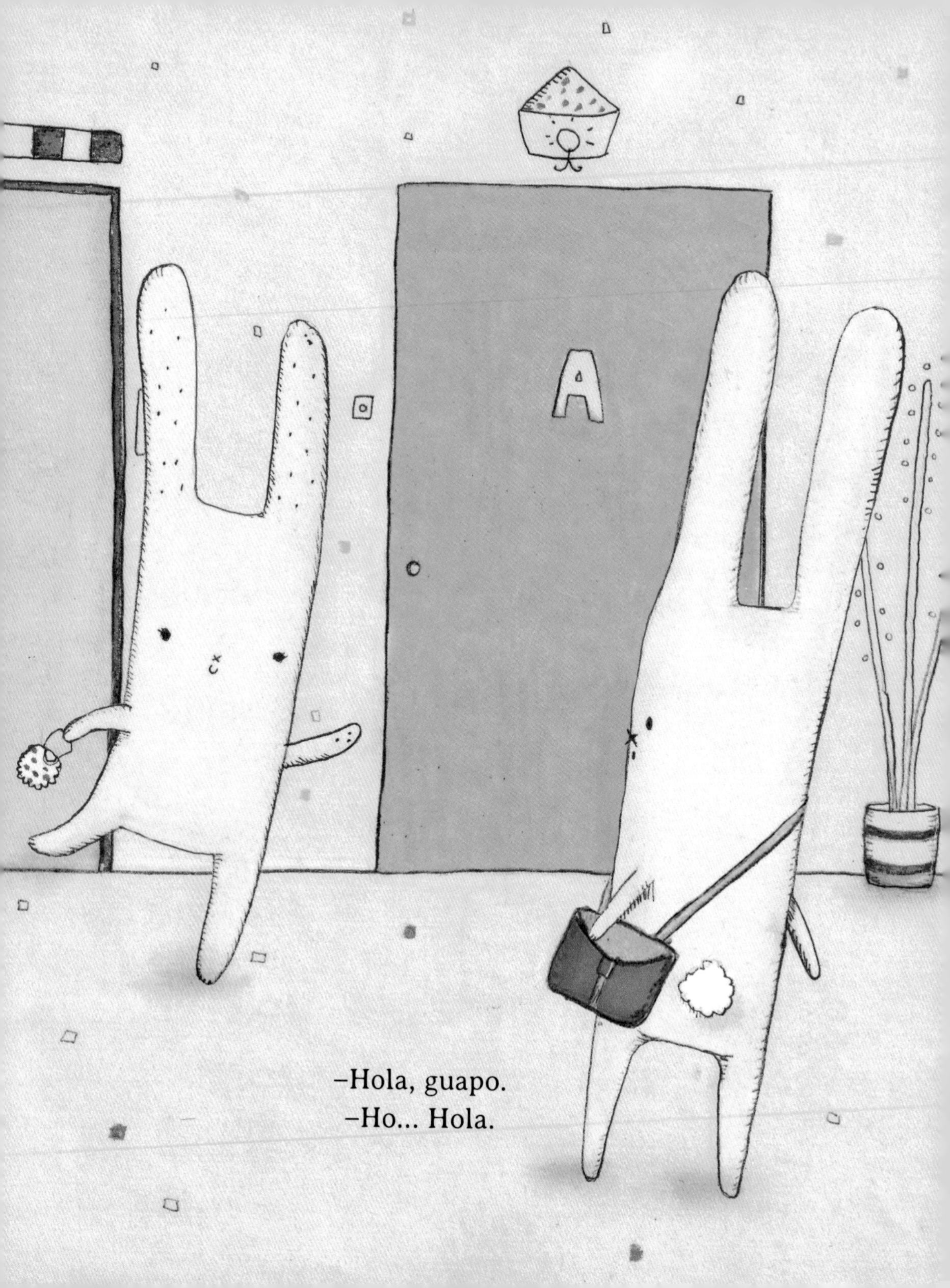

–Hola, guapo.
–Ho... Hola.

¡Oh! ¡La vecina me saludó!

¡Yuju!
¡Qué bueno es ser un conejo!

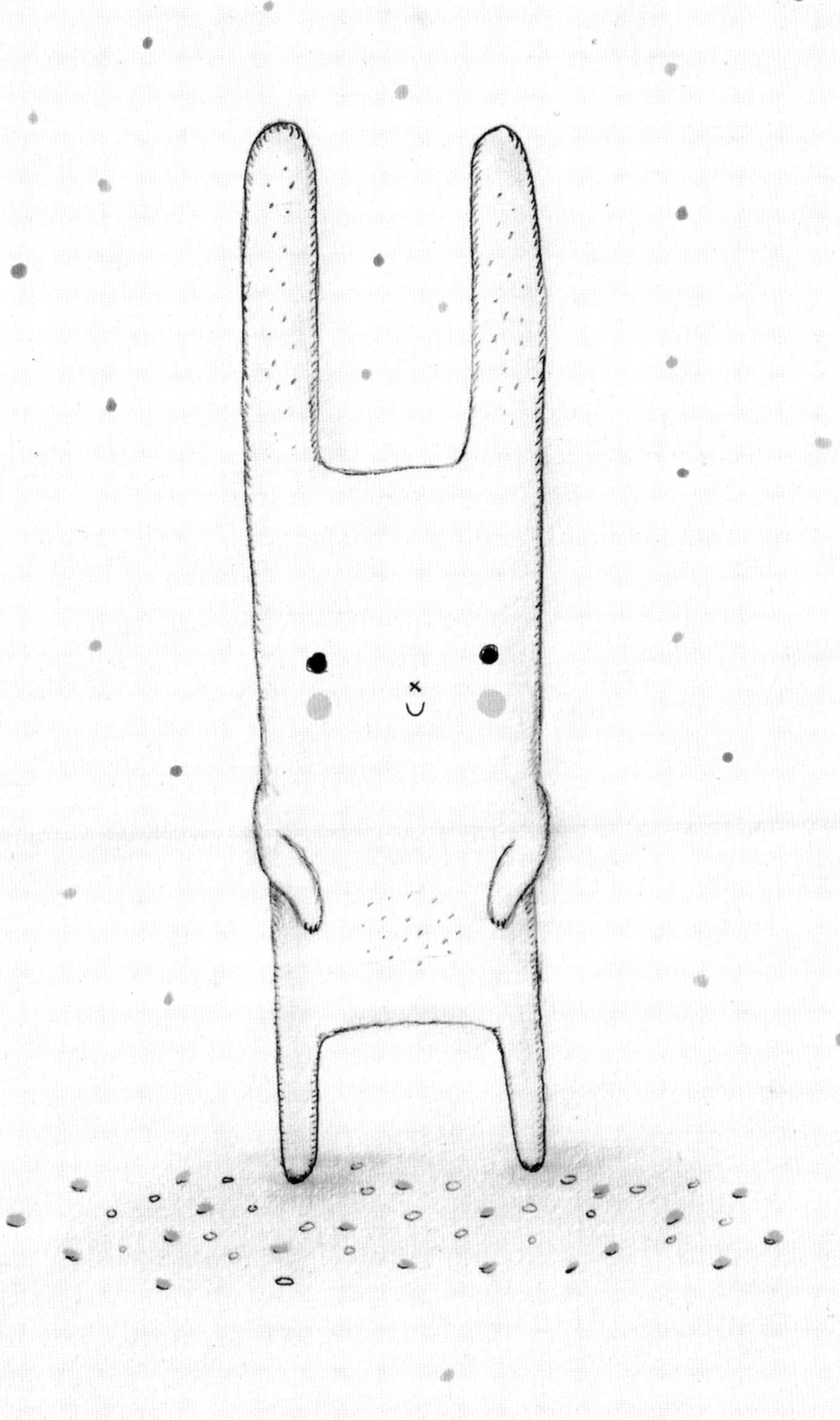

Yo no soy un conejo, de Pepe Márquez y Natalia Colombo, se terminó de imprimir y encuadernar en julio de 2014 en Impresora y Encuadernadora Progreso, S. A. de C. V. (IEPSA), calzada San Lorenzo 244, Paraje San Juan, C. P. 09830, México, D. F.

El tiraje fue de 5000 ejemplares.